APOTHÉOSE
DE LA
VILLE DE NISMES;
OU
SONNETS
SUR SES ANTIQUITÉS:

Par M. l'Abbé VALETTE, *Prieur de Bernis.*

Un Sonnet sans défauts vaut seul un long Poëme;
Despréaux, Art Poëtique, chant 2.

Le prix est de 12. sols.

À NISMES,
Chez A. A. BELLE, Imprimeur & Libraire, près de l'Hôtel de Ville. 1744.

AVEC PERMISSION.

PRÉFACE.

Quoique cet Ouvrage ne soit pas de longue haleine, il est cependant aussi complet, dans son genre, que les plus gros in-folio. *Dans le dessein que je m'étois proposé de célébrer ma patrie, je n'ai pas crû pouvoir le faire plus dignement, qu'en chantant les anciens Monumens dont elle est encore ornée : c'est la louer par ce qu'elle a de plus précieux & de plus célèbre.*

Mon exactitude à n'omettre aucun des Monumens dont je devois parler, m'aura peut-être fait parler d'un Monument que j'aurois dû omettre. Il semble qu'une simple Statue, comme celle que nous appellons, Les Quatre-Jambes, *n'auroit pas dû trouver place dans un Ouvrage, où il n'est question que d'Edifices spacieux : mais cette Statue, qui a donné son nom à un Quartier de la Ville, est si fameuse que, si j'avois manqué d'en parler, le public n'eut pas manqué de me demander raison de mon oubli. D'ailleurs les Simboles qu'elle renferme, la rendent aussi recommandable par sa singularité, que nos autres Monumens peuvent l'être par leur magnificence. Cependant pour ne pas confondre des choses d'un prix si différent,* j'ai mis le Sonnet que j'ai fait sur cette Pierre, hors du rang des Sonnets sur les Antiquités.

N'eussai-je pas laissé quelque chose à desirer au Lecteur, si, dans un Ouvrage consacré à la Ville de Nismes, j'avois manqué de parler de la Ville même? Oui sans-doute. Aussi ai-je non seulement destiné un Sonnet, à la Ville matériellement prise; mais encore en ai-je fait un sur ses Habitans, qui en sont la portion la plus essentielle: Et pour faire un tout qui soit uni, selon le précepte d'Horace, jai considéré ces deux sujets, dans les rapports qu'ils peuvent avoir avec nos Antiquités, qui sont mon objet principal.

Toutes ces raisons feront sans-doute trouver grace, auprès du Lecteur, à l'économie de cet Ouvrage. Il reste à légitimer le choix du sujet & son exécution. Les éloges que l'on a toûjours donné à ceux qui ont travaillé à la gloire de leur Patrie, nous font bien augurer du premier; mes craintes sont toutes pour le second: mais l'excellence de l'un devroit, ce semble, racheter les défauts de l'autre. D'ailleurs la difficulté de l'espèce de Poëme dont je me suis servi, fera sans-doute entrer les Critiques en considération. C'est donc plûtôt pour solliciter leur indulgence, que je leur ai rappellé, dans le Frontispice de cet Ouvrage, ce que le Maître de la Poësie Françoise nous dit de la difficulté du Sonnet, que pour m'enorgueillir de leurs applaudissemens, si le succès avoit répondu à mon travail.

On trouvera, à côté de chaque Sonnet, l'Histoire & la Description des Monumens qui en feront le sujet. Ces Remarques jetteront un plus grand jour sur les Sonnets; & acheveront de faire de cet Ouvrage, une Histoire complette de nos Antiquités.

Je ne prétens pas me distinguer, dans ces Remarques, par des opinions singulières: la science conjecturale prète sans-doute un vaste champ à l'imagination. Il en est des Antiquaires comme des Etymologistes: chacun se fraye de nouvelles routes dans le même pays; & tous donnent des preuves presque démonstratives de la rectitude de leurs égaremens. Me livrerai-je à toute la séduction des conjectures? Non assurément. Je dois donc me guider sur ce qu'il y aura de plus avéré, & de plus généralement reçu par tous les Savans.

Ils ne sauroient se scandaliser de me voir suivre, dans le Sonnet sur le Temple de Diane, l'opinion vulgaire, au sujet de la Divinité qui étoit servie dans ce Temple. Ils m'ont appris que les Colonnes des Temples consacrés à cette Déesse, étoient toûjours dans l'Ordre Ionique; & nous voyons que celles du Temple dont il s'agit, sont de l'Ordre partie Corinthien & partie Composite: mais ils savent aussi eux-mêmes qu'un Poëte doit toûjours suivre, dans ses Ouvrages, les opinions les plus connues.

Un Ouvrage parfait peut ne l'être pas toûjours: le tems défigure les productions de l'esprit, comme les œuvres de nos mains: les beautés de la Littérature n'éprouvent guère moins de dépérissemens, que celles des Arts : mon Sonnet sur la Fontaine en sera la preuve. Les Digues que nous avions élevées au-tour de notre Fontaine, nous donnoient, il est vrai, une pièce d'Eau extrêmement belle, & par son étendue, & par sa profondeur : mais comme ces Eaux portoient sur la Source, celles qui en jaillissoient, se trouvant affaissées par leur poids, étoient forcées de filtrer entre deux terres. La médiocrité de cette Source nous engageant à n'en rien laisser perdre, on délibéra de la faire couler rez de son issue : les Romains nous avoient prévenus. A peine eut-on enlevé quelques pieds du limon & du gravier que la Source avoit vomi avec le tems, que l'on découvrit deux Escaliers en demi cercle, de quatre marches chacun, attenans l'un à l'autre, par où l'on pouvoit descendre dans la Fontaine. Cette découverte irrita la curiosité. On s'empressa de déblayer les lieux par où les Eaux prennoient leur route. Ce fut par tout de nouveaux sujets d'étonnement. Ce n'étoit que Médailles, qu'Inscriptions, que Statues, que Colonnes, que Chapiteaux & que Pierres admirablement bien sculptées. Ces superbes décombres furent enlevez. Que de Bâtimens, dont ils rehaussoient autrefois l'éclat, ne déroboient-ils pas alors à nos yeux? Les Habitans de Nismes ne furent consolez d'avoir si long tems foulé aux pieds tant de beautés, que par le plaisir de voir tirer, de dessous terre, tous ces nouveaux titres de leur ancienne grandeur. Ces découvertes se multiplierent si fort, qu'elles devinrent dans peu aussi fameuses que la Source. Parler de l'une sans faire mention des autres, ce seroit aujourd'hui une faute de jugement impardonnable. Pourquoi donc me suis-je rendu coupable de cet oubli, dans mon Sonnet sur la Fontaine ? C'est qu'il étoit fait plusieurs années avant que l'on travailla aux découvertes. Rien ne sembloit y manquer, quand il sortit de mes mains ; il devint défectueux dans la suite. A mesure que l'on ajoûtoit aux découvertes, il me sembloit que l'on retranchoit de mon Sonnet. Bientôt il fut tout enlaidi par les ornemens de nos Eaux. Comment le racheter de ces défauts étrangers & imprévus ? Ce qu'il avoit perdu, ne l'aura-t-il pas recouvré par le Sonnet exprès que j'ai fait sur les Découvertes mêmes ? Elles sont d'ailleurs si belles & en si grand nombre, qu'elles méritoient bien d'être chantées séparément.

Quoique j'aïe donné le nom de Nymphée à celle des découvertes que plusieurs disent n'être qu'un Socle, je n'ai prétendu par là ni établir mon opinion, ni combattre la leur ; mais comme un Socle n'est qu'un corps quarré, qui sert seulement à élever quelques Statues & quelques Vases ; & que le Bâtiment dont il s'agit, est accompagné de beaucoup d'ornemens qui l'environnent, & dont je ne pouvois faire mention *dans un simple Sonnet ; j'ai pris le parti de lui donner le nom de Nymphée, qui fournit à l'esprit une idée & plus magnifique & plus étendue, & par-conséquent plus proportionnée au Monument dont je devois parler.*

On trouvera peut-être surprenant qu'une personne qui a été en relation avec feu M. Rousseau, le fléau des Rimeurs anarchiques, ait osé faire rimer Fantôme *avec* Renomme, *ainsi que je l'ai fait dans le Sonnet sur la Ville de Nismes : mais si je conviens, avec les Critiques, que cette Rime n'est pas absolument exacte, les Critiques doivent aussi convenir, avec moi, qu'elle n'est pas non plus absolument forcée. Le nombre des mêmes Rimes qu'il faut à un Sonnet, & le peu qu'il y en a de cette espèce, m'a fait relâcher quelque chose de ma conformité à la pratique de M. Rousseau. D'ailleurs nos autres Maîtres ont usé assez fréquenment de pareilles Rimes. Je ne citerai que ces Vers de l'un d'eux :*

D'un œil d'indifférence il regarde le Trône.
Ciel ! quelle nuit soudaine à mes yeux l'environne !

Cet exemple, comme l'on voit, paroit assez m'autoriser. Il est question ici, comme dans le Sonnet, de la voyelle O, *longue dans un mot, & brève dans l'autre. Or si, dans des Ouvrages où il ne faut que des Rimes simples & uniques, nos Maîtres en usent ainsi, avec l'agrément de la République des Lettres ; il y auroit de l'injus-*

tice, à ses Membres, de me prodiguer leur indignation, pour les mêmes fautes; sur-tout lorsqu'il est question d'un Ouvrage à Rimes redoublées, comme le Sonnet.

On a indiqué, à côté des Sonnets, les Planches qui représentent les Monumens dont ils traitent. On peut les voir à la fin du Livre, où elles sont placées. Elles contiennent encore quelques Figures de peu de conséquence; & ausquelles je n'ai pas crû devoir décerner les honneurs du Sonnet. Les supprimer, c'eût été faire un larcin aux Curieux. Mais s'ils me savent quelque gré d'avoir mis ici ces Figures superflues; combien plus doivent-ils être satisfaits d'y trouver les nécessaires? La peinture de nos Monumens que les Estampes font aux yeux, jointe à celle que les Sonnets en font à l'esprit, leur fournira sans-doute l'image la plus propre à représenter vivement les originaux.

APOTHÉOSE
DE LA VILLE DE NISMES;
OU
SONNETS
SUR SES ANTIQUITÉS.

SONNET PRÉLIMINAIRE.

U tems infortunés vainqueurs,
Monumens, quoiqu'en tous les âges,
De ſes déplorables outrages,
Vous ayez ſouffert les fureurs;

C'eſt

C'eſt à nous à verſer des pleurs
Sur ſes prodigieux ravages,
Nous, de tant d'illuſtres Ouvrages,
Les miſérables poſſeſſeurs:

Où ſont les vertus de nos Pères?
Ces ſentimens, ces mœurs auſtères;
De l'honneur ces Gaulois jaloux?

Chef-d'œuvres que le tems dévore,
Fuſſiez vous plus changez encore,
Vous ſeriez moins changez que nous.

REMARQUES

SUR L'AMPHITHEATRE.

DE tous les Amphithéatres dont les Romains avoient embelli leur Empire, il n'en est point aujourd'hui qui nous présente de plus beaux restes de leur magnificence, dans cette sorte d'Ouvrages, que l'Amphithéatre de Nismes. Fixer l'époque de sa construction, c'est moins dire ce que l'on sçait, que ce que l'on pense.

Les Amphithéatres étoient les lieux où les Ediles faisoient donner les Spectacles au Peuple. Ces Spectacles consistoient ordinairement en des Combats entre des hommes, ou entre des hommes & des bêtes, ou entre des bêtes seulement. Trente rangs de siéges, qui régnoient tout-au-tour de l'Amhpithéatre de Nismes, donnoient dequoi placer commodément vingt mille Spectateurs. cet Édifice est de figure ovale. Il est composé de deux Galeries ouvertes, croisées l'une sur l'autre, & de soixante Arcades chacune. Son Architecture est d'Ordre Toscan. On entroit dans l'Arène par quatre grandes Portes à piliers. Sa hauteur est de 10. toises ; & sa circonférence de 180.

Après avoir été le théatre des plaisirs, il devint celui de la guerre. Peu s'en fallut que sa solidité ne causa sa ruine. Les Gots le jugerent propre à leur servir de lieu de déffense. Ils s'y fortifierent ; & en abattirent autant qu'il fut nécessaire, pour y élever un Château, dont il reste encore deux Tours. Ces Fortifications, qui empêchoient l'invasion des Ennemis, favoriserent la rébellion des Sujets. En 675. *Paulus* ayant voulu se faire Roi de cette Province, de simple Gouverneur qu'il en étoit, *Bamba* Roi des Gots, & son Maître, accourut des Espagnes pour le châtier. L'Amphithéatre de Nismes devint bientôt la dernière ressource de ce Rebelle. Il y fut assiégé, pris, & puni d'une mort honteuse.

Les Sarrazins, ayant chassé les Gots de Nismes, en furent eux-mêmes chassez par Charles-Martel, en 736, non sans une longue & vigoureuse résistance. Dans toutes ces guerres, l'Amphithéatre servit toûjours de dernier rempart aux Vaincus ; aussi endura-t-il les plus grands assauts des Vainqueurs ; soit pour y forcer alors leurs Ennemis, soit pour n'être plus obligez de les y poursuivre à l'avenir. Il résista à toutes ces attaques ; & si sa solidité avoit dû d'abord entraîner sa ruine, dans la suite ce qui devoit le faire détruire fut la cause de sa conservation. Mais s'il endura autrefois les ravages de l'ambition, il endure encore à présent ceux de l'avarice : les Habitans qui se sont fait des maisons dans l'Arène, le mutilent tous les jours ; soit pour se ménager de plus grandes commodités, dans l'épaisseur de ses murs, soit pour se procurer quelques-unes des belles pierres qui le composent. On a souvent fait des projets de le restaurer : mais leur exécution se trouve encore aujourd'hui dans l'ordre des choses possibles.

* * *

SONNET

SUR L'AMPHITHÉATRE.

DE ces doubles Arceaux l'enchainement immenſe, Pl. II.
Qu'un Voyageur preſſé contemple avec loiſir,
Fut, long-tems avant nous, preſcrit par le plaiſir,
Imaginé par l'Art, orné par l'opulence.

De mes Concitoyens la ſordide licence
Semble s'être vouée à le faire périr;
Mes pleurs, en ſa faveur, n'ont pû les attendrir,
Et c'eſt en dépit d'eux qu'il orne encor la France.

Dans un ſiècle ignorant, en des jours de malheur,
Il ſçût faire mollir, par ſa forte épaiſſeur,
D'un Vainqueur irrité l'emportement extrême.

Des Spectacles du Peuple il étoit le ſéjour:
Par ſes ſeules beautés, à préſent, à ſon tour,
Il ſert aux Curieux de ſpectacle lui-même.

REMARQUES

SUR LA MAISON-QUARRÉE.

LEs Savans ne conviennent entre eux ni de l'usage, ni du nom de cet Édifice. Après la mort de *Trajan*, *Plautine*, son épouse, ayant mis, par une adoption feinte, *Adrien* sur le Trône Impérial, celui-ci, qui se trouvoit à Nismes, peu de jours après la mort de sa Bienfaitrice, y fit construire la Maison-Quarrée à son honneur, pour être un Monument à la postérité de sa reconnoissance. Cet Édifice est un peu plus long que large ; & d'un Ordre Corinthien. Sa longueur est de 13. toises, & 4. pieds ; sa largeur de 5. toises, 5. pieds ; & sa hauteur de 6. toises, 1. pied & un quart, sans y comprendre les 6. pieds de hauteur du Socle sur lequel il est élevé. Il est divisé en deux parties inégales : l'une fermée qui est le corps du Bâtiment ; & l'autre ouverte qui en est le Portique. Le corps du Bâtiment est orné de vingt Colonnes engagées dans le mur ; & le Portique en a dix isolées, qui soutiennent l'Entablement. Toutes ces Colonnes sont cannelées & enrichies de Chapitaux d'une Sculpture très-délicate. La Frise & la Corniche font aussi l'admiration des Connoisseurs. Les Ornemens dont ces trois parties d'Architecture sont composées, sont tous parfaits : mais le Feuillage est ce qu'il y a de plus inimitable. De tous les Ouvrages des Romains, que le tems a respecté, c'est le plus entier, & celui qui nous donne une plus haute idée de la perfection à laquelle ils avoient porté les Arts.

SONNET

SUR LA MAISON-QUARRÉE.

DU ciseau chef-d'œuvre orgueilleux, Pl. III
Qui, malgré votre ample structure ;
Paroissez une mignature,
Par vos ornemens curieux ;

Frise, Chapiteaux précieux,
Feuillage, imitant la nature,
Fait par le Dieu de la Sculpture,
À dessein de tromper nos yeux ;

Si nous pouvions voir dans le monde
Une ambition moins profonde,
Et pour les beaux Arts plus d'amour :

Alors nous oserions vous dire
Que du présent d'un vaste Empire ;
Vous futes le digne retour.

REMARQUES
SUR LE TEMPLE DE DIANE.

PErsonne ne s'est encore avisé de fixer l'époque de la construction de ce Temple. On a été plus hardi à se faire des sistèmes sur la Divinité à laquelle il fut dédié. Une tradition immémoriale, bien plus digne de nos respects que des opinions fantastiques, nous apprend que cet Édifice a toûjours été appellé, *Le Temple de Diane*.

Cependant, comme les Temples de cette Déesse étoient tous dans l'Ordre Ionique, & que celui-ci est d'Ordre partie Corinthien & partie Composite, cette opinion ne doit pas avoir plus de droit à notre créance que les autres.

On sçait que les Divinités païennes étoient, pour la plûpart, des hommes, ou des femmes, qui, pour s'être distinguez dans leur tems, soit par des actions d'éclat, soit par des services qu'ils avoient rendus à leur pays, avoient été déifiez, dans la suite, par les peuples. Les Savans prétendent que Diane, cette Déesse qui présidoit aux forêts, n'étoit autre que *Jemimah*, fille ainée de Job.

Le Temple de Diane a 11. toises, 5. pieds & un quart de longueur; 6. toises de largeur, & 6. toises, 2. pieds & demi de hauteur. Il est orné de Colonnes & de Tabernacles, ou Niches, qui devoient avoir des Statues.

Quelque délabré que soit aujourd'hui ce Temple, il en reste encore assez pour donner à connoitre son ancienne magnificence. Il fut mis à peu-près en l'état où il est, sous le Regne de Henri III. vers l'année 1577. dans une des guerres civiles de Religion.

SONNET

SUR LE TEMPLE DE DIANE.

Vous dont l'œil curieux vient encor se repaître ; Pl. IV
Morceaux de voute en l'air aujourd'hui suspendus,
Qui tirez du Savant des regrets superflus,
Lorsque sur vos débris il voit pousser le hêtre ;

Vous restes précieux qui donnez à connoître
Encore au Spectateur l'art que l'on n'y voit plus ;
Sacrés Murs depuis peu par l'erreur abbattus,
Si jadis de l'erreur vous aviez reçu l'être ;

Par leurs Prêtres séduits nos Péres autrefois,
En adorant chez vous la Déesse des bois,
Crurent vous ménager une gloire éternelle ;

Il vous manquoit un Dieu digne de votre autel ;
Leur Déesse n'étoit qu'une simple mortelle,
Qu'ils oserent servir dans un Temple immortel.

REMARQUES
SUR LA TOURMAGNE.

CEtte Tour eſt conſtruite ſur le ſommet du rocher du pied duquel ſort la Fontaine. Les Ecrivains ſont diviſez ſur ſes Auteurs, & ſur ſon uſage. Ce ſeroit une extrème condeſcendance d'adhérer à leurs ſentimens ; & je ne crois pas qu'on doive tabler ſur des conjectures auſſi ſuperficielles que celles ſur leſquelles ils ſont appuyés.

Cette Tour eſt de forme octogone. Son Architecture étoit d'Ordre Dorique. On a dit que c'étoit autrefois la plus belle Piramide des Gaules. En bas ſa circonférence eſt de 40. toiſes & 5. pieds. Quoiqu'elle ſoit aujourd'hui à demi-ruinée, elle a encore 15. toiſes & 2. pieds de hauteur. On ne peut ſavoir au juſte quelle étoit ſa véritable hauteur lorſqu'elle étoit dans ſon entier ; ſoit parcequ'elle eſt extrêmement tronquée dans ſa cime, ſoit parceque ſes décombres ont hauſſé conſidérablement le terrein. Cependant d'habiles Architectes ont penſé, au moyen de l'Art des proportions, qu'elle devoit avoir plus de 19. toiſes : en ſorte que la montagne, ſur laquelle elle eſt conſtruite, ayant tout-au-moins une pareille hauteur, le ſommet de la Tour devoit être, environ de 40. toiſes, plus élevé que ne l'eſt aujourd'hui la Ville, qui ſe trouve ſituée dans la plaine.

SONNET

SUR LA TOURMAGNE.

TOur énorme dont la beauté
Plaiſoit autrefois à la vûe,
Mais avec le tems devenue
Un tas de pierres cimenté ;

Qui du jour voyez la clarté
Sur votre ſommet répandue,
Lors même qu'à vos pieds la nue
Sème ſur nous l'obſcurité :

À vous voir ſi bien enclavée ;
Et ſur une roche élevée
Hauſſer votre front orgueilleux ;

Je vous prendrois pour un réfuge
Que l'on ſe bâtit en ces lieux,
Dans la peur d'un ſecond déluge.

REMARQUES
SUR LE PONT DU GARD.

CEs trois Lettres A. E. A. que l'on trouve gravées ſur cet Édifice, ont fait naître, ſur ſon Auteur, autant de ſentimens différens qu'il y a eu de génies fertiles à leur donner de différens ſens. Ce Pont eſt bâti ſur la Rivière du Gardon, à trois lieues de Niſmes. Il eſt d'Ordre Toſcan, Il eſt composé de trois Ponts les uns ſur les autres. Le premier a ſix Arcades; le ſecond en a onze, & le troiſième en a trente-ſix. Il a 29. toiſes & 3. pouces de hauteur, en y comprenant l'Aquéduc. Il ſervoit à deux uſages : on avoit évaſé la baſe des Pilaſtres du ſecond Pont, pour donner aux Voyageurs un paſſage libre ſur la Rivière. Il portoit encore ſur ſon troiſième Pont, & entre deux Montagnes, l'Aquéduc qui, après une route de ſix lieues, conduiſoit à Niſmes les eaux de la Fontaine d'Eure. Cette Fontaine a ſa ſource près de la Ville d'Uzés. Elle ne tarit jamais, non plus que la Fontaine de Niſmes : mais comme celle-ci ne pouvoit ſuffire à tous les beſoins de cette grande Ville, les Romains lui donnerent l'autre pour ſupplèment, par la conſtruction de l'Aquéduc & du Pont du Gard. Il falloit bien qu'ils fiſſent un grand cas de Niſmes, pour lui procurer de l'eau à ſi grand frais.

SONNET

SUR LE PONT DU GARD.

VOus qui donniez à l'eau, pour nos néceſ-ſités, Pl. IV
Entre deux monts déſerts, un ſuperbe paſſage;
Et qui voyez ſouvent vous rendre un juſte hõmage,
Dans vos ſentiers hardis, les Paſſans enchantés;

Triple Pont, dont jadis pour leur eſprit vantés
Nos Ancêtres ont ſçû tirer un double uſage;
Canaux portés en l'air par un riche aſſemblage
D'Arceaux habilement l'un ſur l'autre montés.

Lit juſtement fameux d'une Rivière obſcure;
Qui direz à jamais, à la race future,
Le cas que les Romains faiſoient de nos Aïeux:

La conſtante rigueur du tems qui vous mutile,
En vous rendant pour nous toûjours plus inutile,
Sçaura vous rendre auſſi toûjours plus précieux.

REMARQUES

SUR LA FONTAINE.

CEtte Fontaine, qui étoit autrefois dans l'enceinte de la Ville, s'en trouve aujourd'hui un peu éloignée. Elle sort du pied du rocher sur le sommet duquel la Tourmagne est bâtie. Ses Eaux se ramassent d'abord dans un grand Réservoir fait en forme de berceau, * d'où elles coulent ensuite, par un même Canal, jusqu'aux portes de la Ville; où s'étant divisées, une partie mouille les Remparts, & l'autre traverse la Ville, & rend de grands services aux Ouvriers en soye, & en laine. Ses deux bras se réunissent hors de la Ville; & vont se jetter dans le Vistre. Ces Eaux sont extrêmement pures dans leur source. Les Romains en faisoient leurs délices. Tout ce que l'Architecture avoit de plus noble, & la Sculpture de plus brillant fut employé à les embellir. Elles n'ont jamais tari, même dans les plus grandes aridités. Cependant si les pluies de l'Hiver les augmentent prodigieusement, la sécheresse de l'Été les réduit presque à rien. L'expérience qu'en avoient fait les Romains les engagea à y suppléer par les eaux de la Fontaine d'Uzés. Les Ecrivains sont en division sur cette Fontaine comme sur nos Monumens: la nature n'a pas moins dérobé, à leurs yeux, l'origine de celle-là, que les tems leur ont caché l'époque de la construction de ceux-ci.

* *Ceci étoit écrit plusieurs années avant les creusemens de la Fontaine.*

SONNET

SUR LA FONTAINE.

DE nos Naïades vieux berceau,
De qui l'onde peu complaisante,
D'un laid objet qui se présente,
Fait un trop fidelle tableau :

En Été modeste Ruisseau ;
En Hiver Rivière ondoyante,
Qui seriez bien plus abondante
Si vous répandiez moins votre Eau :

Dans votre source impénétrable,
D'un Mortel vraîment charitable
Je reconnois les plus beaux traits ;

C'est abondamment qu'elle donne ;
Et sans permettre que personne
Sçache d'où viennent ses bienfaits.

REMARQUES SUR LES DÉCOUVERTES,

Que l'on a fait à la Fontaine.

LA plus considérable des Découvertes que l'on ait fait à la Fontaine, est celle à laquelle j'ai donné, dans mon Sonnet, le nom de *Nymphée*, pour des raisons que j'ai rapportées dans ma Préface. C'est une grande Salle, pavée fort proprement. Les Eaux y passent dans des Canaux ouverts. Elle est formée par des murs qui se replient en forme de Loges alternativement rondes & quarrées, & ornées de deux Colonnes chacune. Au milieu de cette Salle s'élève, environ à la hauteur d'une toise, un corps de Bâtiment, orné tout-au-tour d'une très-belle Frise, & sur lequel on trouva une Statue Colossale toute mutilée. Entre ce Nymphée & le Temple de Diane, on a encore trouvé une Voute fort longue & assez élevée ayant au-dessus de son sol, de distance en distance, de longues & épaisses pierres qui la traversent. La singularité de sa forme suspend encore le jugement des Connoisseurs prudens. Plus bas que le Nymphée, on a découvert une quantité prodigieuse de vestiges de bâtimens ; & presque par-tout on a trouvé des Canaux de plomb, & d'autres de pierre, dont quelques-uns se croisoient. Enfin tout nous apprend que les Romains avoient embelli, par des Édifices somptueux, la route de nos Eaux. Il est à présumer que ces Ornemens périrent avec la Ville, lorsque Charles Martel, en ayant chassé les Sarrasins, après un long siége, la fit entièrement démolir.

SONNET

SUR LES DÉCOUVERTES,

Que l'on a fait à la Fontaine.

ORnemens de nos Eaux autrefois engloutis ;
Dans les emportemens d'une guerre ſanglante ;
Qui du ſein déchiré d'une terre ſavante,
Par nos ſoins curieux, avez été ſortis ;

Voute que l'Ignorant a ſeul encor compris ;
Canaux qui voyez l'eau rebelle à votre pente ;
Morceaux de bâtimens dont la trace eſt errante ;
Vous Nymphée admirable encor dans vos débris ;

Aux Palais de nos jours vous impoſez ſilence :
Même en dépit de l'Art, dans leur magnificence
Il regne, à notre honte, un air de pauvreté :

Mais vous, vieux Bâtimens, en vain on vous altère ;
Défigurés, réduits au ſein de la miſère,
Vous conſervez toûjours un air de majeſté.

REMARQUES
SUR LA VILLE DE NISMES.

IL eſt des Savans qui prétendent que la Ville de Niſmes fut fondée l'an du monde 2300. par un fils d'Hercule le Lybique, apellé *Nemauſus*, & que c'eſt de là qu'elle a pris ſon nom. D'autres aſſurent qu'elle a été bâtie par les Phocéens, peuple de l'Aſie mineure. Chaſsés de leur pays par *Harpagus*, ils ſe réfugierent dans l'Iſle de Corſe. Inquiétés dans cette nouvelle habitation, ils chercherent, ſur les côtes de France, des lieux plus tranquilles ; fonderent d'abord Marſeille ? & pénétrant toûjours plus dans le pays, ils bâtirent Niſmes. Ceux-ci datent la fondation de cette Ville à peu-près de l'année 3454. & dérivent ſon nom de *Nemus*, *Forêt*, parcequ'elle étoit entourée de bois : mais toutes ces conjectures n'ayant aucun fondement ſolide, il en réſulte que le peu de connoiſſance que nous avons des commencemens de cette Ville, eſt la meilleure preuve de ſon ancienneté.

Niſmes fut la Capitale de la République des Volſques Arécomiques ; Peuple répandu à ſes Environs, dans vingt-quatre Lieux differens. *Fabius Maximus* l'annexa, par ſes conquêtes, à l'Empire Romain. *Agrippa* y conduiſit, ſous l'Empire d'Auguſte, une Colonie de Vétérans. Dès-lors Niſmes devint une copie parfaite de Rome : mêmes Ornemens; un Capitole, un Amphithéatre, un Champ de Mars, des Temples ſomptueux, & pluſieurs autres Edifices publics : même Gouvernement ; des Conſuls, des Préteurs, des Ediles, des Queſteurs, & un Sénat. Elle renfermoit pluſieurs Collines dans ſon enceinte, & avoit près de deux lieues de circuit.

SONNET

SUR LA VILLE DE NISMES.

Pl. I.

VOus dont le plus ſavant ne nomme
Qu'avec crainte le Fondateur ;
Vous qui ſembliez être, de Rome
Bien moins l'eſclave que la ſœur ;

Ville antique que l'on renomme
Encore pour quelque ſplendeur,
Sans être même le fantôme
De votre première grandeur :

Vos ſeuls Monumens nous font croire
Quelle étoit jadis votre gloire,
Quoiqu'affoiblis dans leur beauté ;

Reſpectez ce qui vous décore ;
On voit, par ce qu'ils ſont encore,
Tout ce que vous avez été.

REMARQUES

SUR LA STATUE DES QUATRE-JAMBES.

CEtte Statue est de trois pièces rapportées : la tête en est une ; la poitrine une autre ; & le ventre, les cuisses & les jambes en sont une autre. Elle est moitié homme, & moitié femme: homme de la ceinture en haut ; & femme par le reste du corps. Sa tête est couverte d'un bonnet à peu près semblable à ceux des Béarnois. Elle a le visage hideux, & les cheveux & la barbe assez mal en ordre. Sa poitrine étoit enveloppée de certains ornemens qu'on ne peut plus distinguer aujourd'hui. Deux ventres, qui semblent naître du même estomac, donnent eux-mêmes naissance à quatre cuisses, suivies de quatre jambes parfaitement bien distinctes. On a pensé différemment sur les motifs qui donnerent lieu à sa construction. L'opinion la plus reçue est que c'étoit un simbole de la lâcheté : soit qu'il eût été fait pour punir des Légions qui avoient mal déffendu le pays ; ou seulement pour encourager les Troupes, & leur inspirer une émulation de valeur. Nous avons embrassé les deux sentimens, parcequ'ils rentrent assez l'un dans l'autre.

SONNET

SUR LA STATUE

DES QUATRE-JAMBES.

STatue où l'art dépend de la difformité ; Pl. IV.
A réformer les mœurs nos Ancêtres habiles
Ont, par vos attributs, fait des leçons utiles,
Pour bannir de nos cœurs l'infame lâcheté.

Vos deux Sèxes font voir à la poſtérité
Que nos Troupes, un jour, furent des femmes viles,
Dans leur nombre exceſſif vos jambes immobiles
Montrent de ces fuyards la grande agilité.

Du gain de nos combats vous devintes le gage ;
Votre aſpect faiſoit ſeul renaître le courage,
Dans le cœur effrayé du Soldat abattu.

Souvent de la valeur vous avez fait l'office ;
Et vous ne futes faite à la honte du vice,
Que pour mieux raffermir les pas de la vertu.

BIBLIOTHEQUE DE L'ARSENAL

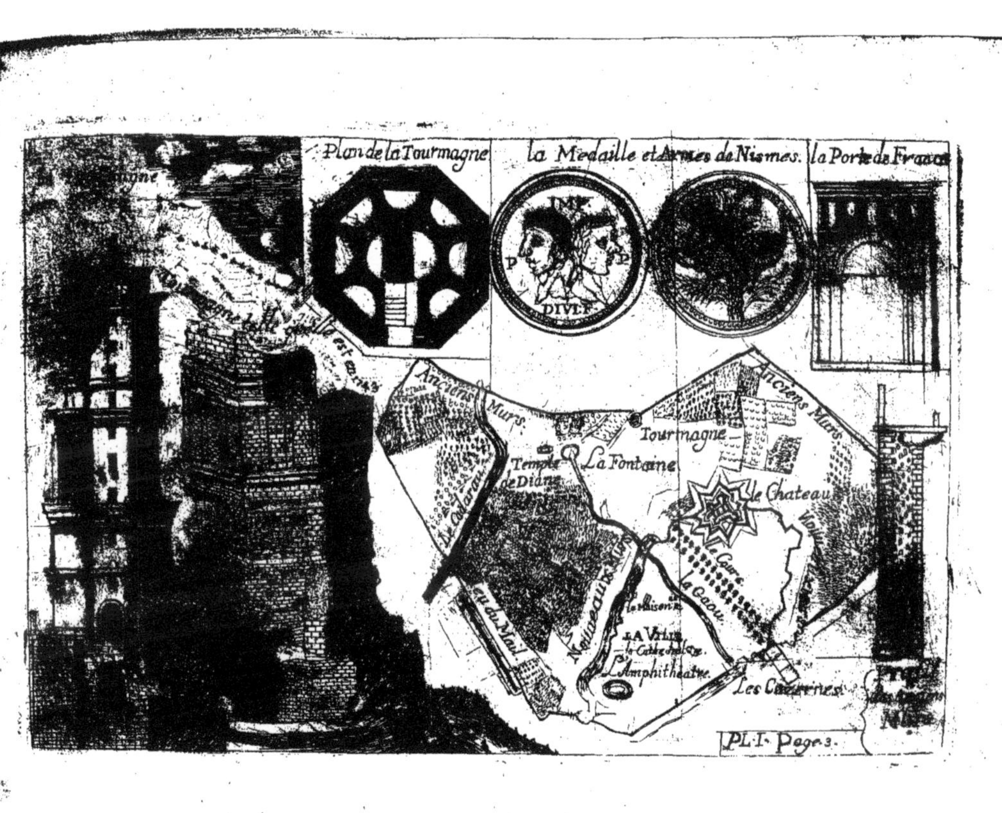

Plan de la Tourmagne
la Medaille et Armes de Nismes.
IMP
P
D
DIVI F
Anciens Murs.
Anciens Murs.
Tourmagne
Temple de Diane
La Fontaine
le Chateau
Nouveaux Murs
LA VILLE
L'Amphitheatre.
Les Casernes.
PL.I. Page 3.

L'AMPHITEATRE
Combat d'un Lion contre un Homme
L'arène
Combat de 2 Gladiateurs
Romus et Romulus Alaités par une Loüve

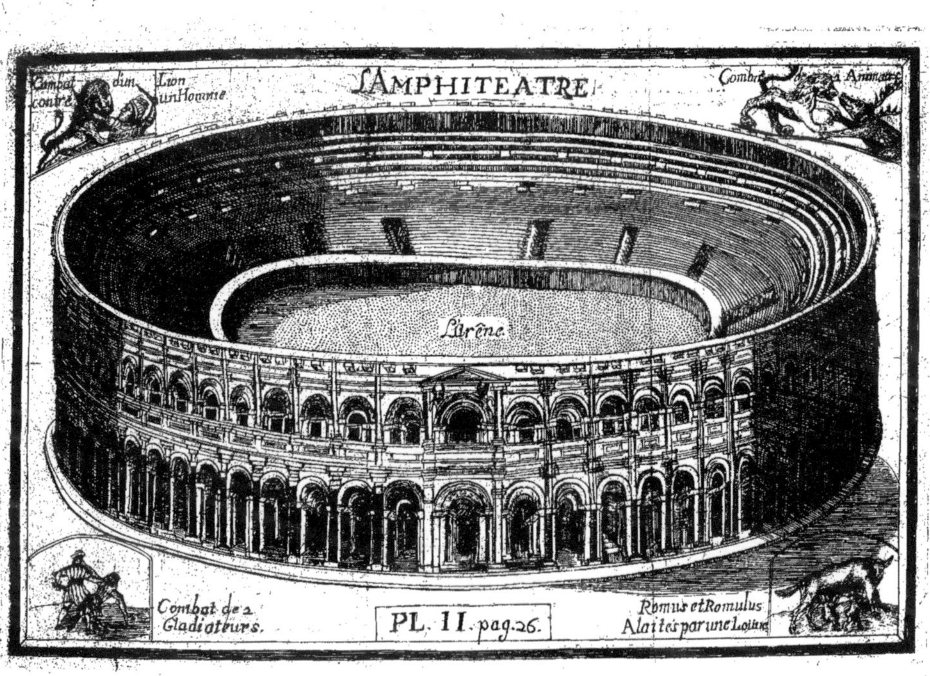

PL. II. pag. 26.

MAISON QUARRÉE.

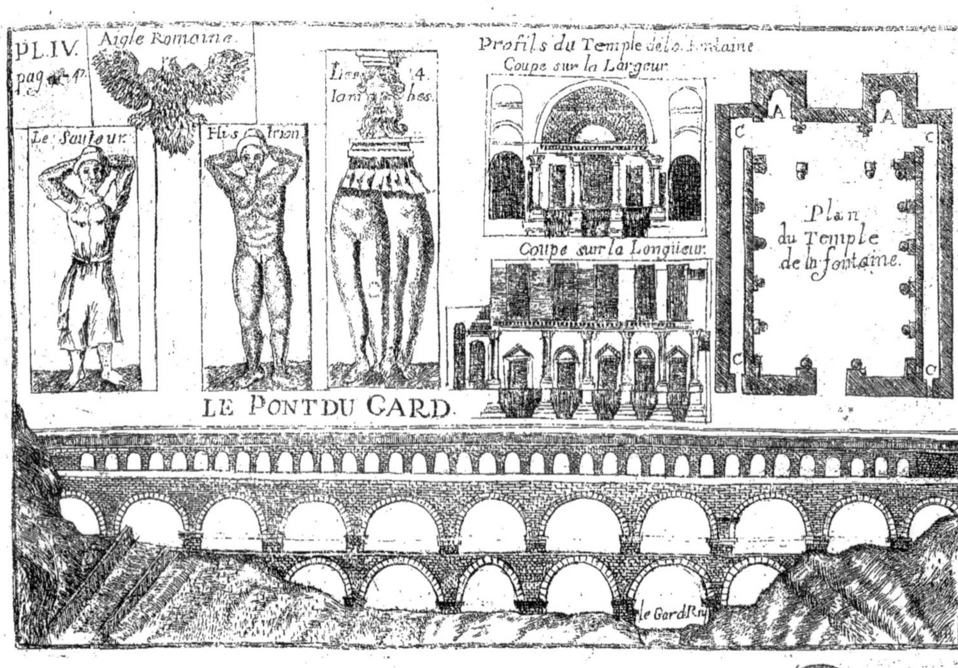
PL.IV.
Aigle Romaine.
Le Sauteur.
Profils du Temple de la fontaine
Coupe sur la Largeur
Coupe sur la Longueur.
Plan
du Temple
de la fontaine.
LE PONT DU GARD.
le Gard Riv

www.ingramcontent.com/pod-product-compliance
Ingram Content Group UK Ltd.
Pitfield, Milton Keynes, MK11 3LW, UK
UKHW022148190726
13855UKWH00004B/1392

9 782013 070096